ВОЛК И КОЗЛЯТА

МОСКВА
МОЗАИКА-СИНТЕЗ
2017

Жи-ла-бы-ла ко-за с коз-ля-та-ми. У-хо-ди-ла ко-за в лес есть тра-ву шёл-ко-ву-ю, пить во-ду сту-дё-ну-ю. Как толь-ко уй-дёт — коз-лят-ки за-прут из-буш-ку и са-ми ни-ку-да не вы-хо-дят. Во-ро-тит-ся ко-за и за-по-ёт:

— Коз-ля-туш-ки, ре-бя-туш-ки! О-то-при-те-ся, от-во-ри-те-ся! Ва-ша мать

при-шла — мо-ло-ка при-нес-ла. Бе-жит мо-ло-ко по вы-меч-ку, из вы-меч-ка по ко-пы-теч-ку, из ко-пы-теч-ка во сы-ру зем-лю!

Коз-лят-ки о-то-прут дверь и впус-тят мать. О-на их по-кор-мит, на-по-ит и уй-дёт в лес, а коз-ля-та за-прут-ся креп-ко-на-креп-ко.

О-дна-жды волк под-слу-шал, как по-ёт ко-за. Вот раз ко-за у-шла, волк по-бе-жал к из-буш-ке и за-кри-чал тол-стым го-ло-сом:

— Вы, де-туш-ки! Вы, коз-ля-туш-ки! О-то-при-те-ся, от-во-ри-те-ся. Ва-ша мать при-шла — мо-ло-ка при-нес-ла. Пол-ны ко-пыт-цы во-ди-цы!

Коз-ля-та от-ве-ча-ют:

— Слы-шим, слы-шим — да не ма-туш-кин э-то го-ло-сок! На-ша ма-туш-ка по-ёт то-ню-сень-ким го-ло-сом и не так при-чи-та-ет.

Вол-ку де-лать не-че-го. По-шёл он в куз-ни-цу и ве-лел се-бе гор-ло пе-ре-ко-вать, чтоб петь то-ню-сень-ким го-ло-сом.

Куз-нец е-му гор-ло пе-ре-ко-вал. Волк о-пять по-бе-жал к из-буш-ке и спря-тал-ся за куст. Стал ждать, ког-да ко-за вер-нёт-ся. Вот при-хо-дит ко-за и сту-чит-ся в дверь:

— Коз-ля-туш-ки, ре-бя-туш-ки! О-то-при-те-ся, от-во-ри-те-ся! Ва-ша мать при-шла — мо-ло-ка при-нес-ла. Бе-жит

мо-ло-ко по вы-меч-ку, из вы-меч-ка по ко-пы-теч-ку, из ко-пы-теч-ка во сы-ру зем-лю!

Коз-ля-та впу-сти-ли мать и да-вай рас-ска-зы-вать, как при-хо-дил волк, хо-тел их всех съесть.

Ко-за на-кор-ми-ла, на-по-и-ла коз-лят и стро-го-на-стро-го на-ка-за-ла:

— Кто при-дёт к из-бу-шеч-ке, ста-нет про-сить-ся тол-стым го-ло-сом да не пе-ре-бе-рёт все-го, что я вам при-чи-ты-ва-ю — дверь не о-тво-ряй-те, ни-ко-го не впус-кай-те.

Толь-ко у-шла ко-за, волк о-пять шасть к из-буш-ке, по-сту-чал-ся и на-чал при-чи-ты-вать то-ню-сень-ким го-ло-сом:

— Коз-ля-туш-ки, ре-бя-туш-ки! О-то-при-те-ся, от-во-ри-те-ся! Ва-ша мать при-шла — мо-ло-ка при-нес-ла. Бе-жит мо-ло-ко по вы-меч-ку, из вы-меч-ка по ко-пы-теч-ку, из ко-пы-теч-ка во сы-ру зем-лю!

Коз-ля-та о-тво-ри-ли дверь, волк ки-нул-ся в из-бу и всех коз-лят съел.

Толь-ко о-дин коз-лё-но-чек схо-ро-нил-ся в печ-ке.

При-хо-дит ко-за, сколь-ко ни зва-ла, ни при-чи-ты-ва-ла — ни-кто ей не от-ве-ча-ет. Ви-дит — дверь от-во-ре-на, вбе-жа-ла в из-буш-ку — там нет ни-ко-го. За-гля-ну-ла в печь и на-шла од-но-го коз-лё-ноч-ка.

Как уз-на-ла ко-за о сво-ей бе-де, как се-ла о-на на лав-ку — на-ча-ла го-ре-вать, горь-ко пла-кать:

— Ох вы, де-туш-ки мо-и, коз-ля-туш-ки! На что от-пи-ра-ли-ся-от-во-ря-ли-ся, зло-му вол-ку до-ста-ва-ли-ся?

У-слы-хал э-то волк, вхо-дит в из-буш-ку и го-во-рит ко-зе:

— Что ты на ме-ня гре-шишь, ку-ма? Не я тво-их коз-лят съел. Пол-но го-ре-вать, пой-дём луч-ше в лес, по-гу-ля-ем.

Пош-ли они в лес, а в ле-су бы-ла я-ма, а в я-ме кос-тёр го-рел.

Ко-за и го-во-рит вол-ку:

— Да-вай по-про-бу-ем, кто пе-ре-прыг-нет че-рез я-му?